途中

On the way

陳綺 著

微微顫抖的飄渺是
落葉最終的宿命

千里之遙的途中
花落又開

海枯石爛
匆匆將永難妥協的訣別　　收下

目錄

卷二　逆景

序 認真活著的生命

好像下了一場雪

你託付一件叮嚀
用來我禦寒的衣

煙雨瀰漫的途中
自然會有你的消息

薇庭 二〇〇七

捕捉黃昏
最後一枚日紅
醒著的時候
我要盛裝期待
你偶爾回首的牽掛

〈途中〉

這是陳綺陷入文學之後，第六本優異的佳作《途中》。也是她寫作生涯邁入第五年，不同風貌的作品。

從青春的風聲，一步步成功走向文學之路，在她的詩文中我們才能體會到，她擁有一股對文學濃厚又強烈的情感。

每呈現一本書，世界就再次美麗。或許我們只能這樣肯定，陳綺在她每一本作品中，投入的精神能量。

陳綺的文筆總是很澎湃。她習慣一再反覆閱讀，每一個字句。

華麗的觥籌
彈出一個音符
夜擁我入眠
永續的黑暗
反覆穿刺
憂鬱的藍
曙光用最珍貴的收藏
繪出一片血染的飄零

〈待訊〉

她的作品堅實、光鮮、精華。

昔日一縷縷的繫念
堅冷宏偉而無止盡

時間依舊不願
走下台階

離去的昨日
繾綣在每一滴淚水的單行道上

訴說
我願意心一直痛著

〈單行道〉

愛詩人都不難看出，陳綺澎湃的文筆中，燦然溢出的簡明親切的情感。

看不見寂寞和空虛

用生命最完美的一頁
覆蓋那深深的傷痕

延伸的悲歡離合
如藍天與綠地

在固執的荒野裡
埋藏著

無怨無悔

〈真心〉

輕妙曼舞般的文字，無論人在幻覺中或在現實生活中，篇篇如認眞活著的生命，

氾濫的悲傷
分分秒秒潰堤逼近
思緒已漸漸緩弱爲零
排開雍華的思慕
奔騰澎湃的淚
緊裹住
聽不見的風

〈流浪者〉

凝煉的句子，委婉的音階，我們更應該肯定，她正如綻放的玫瑰，多采多姿的才華。竭誠地邀請您一起來品酌陳綺感人眞摯的作品。

序

《途中》讀後感言

丹丹（旅行家） 二〇〇七

波濤洶湧的浪花帶走途中足跡和堆沙
却帶不走牽腸與掛肚
窗外的陽光
擁有屬於自己的氣息
曲終人散後
最漫長的是無法磨滅的痕跡
用笑靨去圈點
途中的每一頁記憶
相信即使凜冽的寒冬
也會溫暖我小小寂寞的心

我們同站在回程的路途

寫著　捨不得說出口離別的詩句

晨霧中倉皇躲藏的　卻是被錯放的因果

期待者的每一顆碎石

苦讀著　已被月光棄守的距離

每一條可能會遇見彼此的途中

只有無法輕易寫入章節的淚殘留著……

卷一 途中

楓落……

塵封最初與最後的期待
相送所有的光陰

你爲我牽出
世界的第一道門

我總是想念著
你潛藏萬般不捨的雙手

也常聆聽
你口中唱出節奏最美的天籟

往事托起飛散成山的暮色
我們匆匆滑過的歲月
叢生成、我一輩子的理念

我們無緣相約到永恆
你已隨著熾熱的陽光
碎落成、灰燼的年輪

走過

說不出的愛
深刻著珍貴的初衷
留下拴不住的想念
獨行者還有痴守的任務
夢去夢遠
殘缺的日記
已久年失修

途中

暮色收藏起
鍾愛沙灘的一則心事

單飛的風言風語
不得不容忍
偶然的折傷

我們已用心走過
春、夏、秋、冬

玖月裡的秋天

這是玖月裡的秋天
天空的表情
尋找碎裂的雲層

微風吹起通往你蔓延的思念
不是所有的悲傷都能尋獲
從魔王的咒語聲中

無限長的軌跡
週而復始地
冒險一生的死亡與誕生

下一個離開的過去
試圖填補撕裂的夢想

心思飛散的詞藻
還在等待
始終無法相連的兩顆心

希望我能找到
你嘴角的微笑

無聲的隱心

請展讀我鐵石心腸的記憶
過去的痴迷是如今堅冷的詩句

四季留下幻滅的嫁裳
你心是一個我絶對嚮往的世界
夢到達不了更精彩的結局

讓我們的幸福
從世俗的負累通過
歡笑與淚水愈行愈遠

不善於偽裝的軀體
從我們心思飛散的路向
渺小變幻的一點

想像的飛行

用歲月洗去
天降的惡作劇

聽你的過去
想你的未來

回首尋找
人間的往事

我在夢裡夢外
幻想著
你一直都存在

迷路的思念
在沒有指標的街道上
不曾終止地想念著
滔滔的距離

途中

好像下了一場雪

你託付一件叮嚀
用來我禦寒的衣

煙雨瀰漫的途中
自然會有你的消息

捕捉黃昏
最後一枚日紅

醒著的時候
我要盛裝期待
你偶爾回首的牽掛

珍惜我們無法回頭

又離你更近的

每一條道路

單行道

繽紛的五彩
緩緩傾沾
風霜的年歲

只有萬紫千紅
明白我千年的苦難

途中

昔日一縷縷的繫念
堅冷宏偉而無止盡
時間依舊不願
走下台階
離去的昨日
繾綣在每一滴淚水的單行道上
訴說
我願意心一直痛著

想念或被想念
永遠都感覺不到

消失的旅行

浪在風的遠方
點醒了金色的陽光

花瓣撒下
芬芳的夢想

日出與日落帶來
前世與今世間的因果

雨輕輕穿過
橫行的雲煙

我們到達不了的距離
已荒蕪且落幕

下一刻的世界不太遙遠
樹蔭下的枯葉
仍記得風的姿勢

旅者

擦不乾的淚
往天涯盡頭流浪
星星執意冒險尋覓
月的背影
夢在山崖駐足
路途湮沒
相思的倦意

我像一個疲憊的旅者
靜候風沙
吹向你的方向

留下不安份的翦影

始終不曾翻閱的幸福
落籍在
下一刻的世界

初衷

醒不來的痛
選擇意外的沈重

歲月留下
原始的感動

整個心境
只為一個人
欲言又止

別問我心裡藏的是什麼
再多的思念
只爲你一個人量身訂做

一輩子的依戀

卸下尚未發條的節奏
天真以爲夢已淨空

　思緒旋轉如
無人可解的瞬間

或許每一條道路
都無法通向幸福

晚風已透露
要吹散蠻荒的煙花

世界的每一扇窗
都有一則泛黃的咸言

我們依然滯留在
一輩子的依戀

有時候
夢的國度裡
尋不到
走進你的指標

流浪記

言語、淚水、落日
在逆光的出口
回憶空白的昨日

時間在每一條
斷弦的情節中滾動著

枯萎的承諾
緩緩灰燼

請千山萬水
畫出你的容貌

在已無法閱讀的紙頁間
寫滿一片荒涼

超載的夢想不再綣戀
幸福的假象

隱題

沈默象徵
我失去表達的能力

用偽裝的面具
讓我伴你一生

你無法跟上
我淩亂的舞步

途中

不能壓抑的思緒
膜拜你熾熱的心

或許你已記不起
那朦朧的途中
我們熟悉的一切

時間是一條
永到不了的昔日

最後

淡淡的黃昏
迅速照亮綻開的花
從漫長等待的領域中
聆聽你內心深處
無邊的信念
風送來
荒野疲憊的馨香

點點繁星
微笑朝我們而來時
我將終止冒險

在你目光無法轉移的道路
獨自行走

盛夏的夜頓時過去
最初與最後
未起程之前走出的每一步
多像是我們臨別的遺言

封

撐起憂傷的腳步
　思緒停格在
你起身離去的那一瞬

　從畏寒的時間中
放下幾行壓抑

途中

往事已前往更遠的地方
千山萬水已落入
虛張的過往

象徵幸福的淚水
急駛於
不拒絕善意的路途

在那焦慮的黑暗裡
世界完全降臨在
無止盡的永恆

屈服

思念拖行著
空蕩的行囊

流星劃過
等待的天

收藏一生
滿載的淚水

願歲月饒恕
一千個無心

無可觸及的緣
向遙遠的痴迷飛翔

劇本

隔著　是非顛倒的空間
記錄　奧義的羽狀人生

更深處有一座空虛

等待有情的你
　彈奏出
翡翠軒昂之巔

你是我相當迷戀
又看不見的一個城市

陷阱

只敢用相思
容易記起　你賜予的創傷
路又轉回
没有久遠的異地
而結局
遠在夢境的彼端

眼淚是
尋找你真面和假面的一扇窗

卷二

逆景

淚

了悟
心湖的波濤
卻不懂
牽腸與掛肚

含羞草

脆弱的生命
藏著你的影子

沈澱的畫面裡
只留下
楓情秋懷

堅石

風最懂我的生世
火焰與雪花是我的故居

四季仍舊呼嘯而過

只是誰都驚動不了
我深藏白雲的秘密

岸

始終追尋著
不知名的雲煙
擁有片刻
稍縱即逝的浪花

你是海與世界之間的守護者
歲月並沒有因而銘刻你深深的足跡

雨天

爲雨天淹滅
不必再覺醒了的孤單

所有的時間
都在等待著
隨時間落幕的心碎

途中

陰暗的天空
早已預知
黃昏無法按時前來

季節

速寫紅顏的掌紋
穿一襲茫然的白雪

尋找風的脈絡

花開花謝推開了你的窗

讓明日的煩與愁
窺見你
載夢欲飛的
每一個心事

心聲

一顆心
傾聽幸福的承諾

所有的遺憾
包藏
相思的煎熬

每一個夢境
負載
沒有怨尤的寬容
含笑的目光
守護著
僅有的依託

所謂真心

是我想像中殘酷的敘述

真心

看不見寂寞和空虛
用生命最完美的一頁
覆蓋那深深的傷痕
延伸的悲歡離合
如藍天與綠地

在固執的荒野裡
埋藏著
無怨無悔

憾

重演一段
關於你我的痴痴守望
夢來一場
衡量再三過的思念
希望和绝望
預習已久

用往事篩落的淚水
丈量著無法結伴的距離
　真實人生的窄巷
更遠的起點和終點之間
　擦身而過
你我今生爽約而造成的依戀
　將誓言固守一世

火花

淚水風霜
落在記憶裡

燃燒垂憐的獨白

灼熱的沸點
終於沈淪

陽光底下
撒滿灰燼的誓言

直到雨水輕輕落下
空留生生不息的
盼……

風吹盡
薄薄的夜
醒著的只有失溫了的心跳

夢遠

沈靜的淚水
尋找牽腸的詩句

迷路的傷口
在哪裡停靠

踱步向失去方向的夢境

禁閉的時光訴說
今世間的失落

靈魂之外
只有黑夜
佔領失序的雪花

謙卑的芬芳
努力深織著
綿延的相思

待訊

漫長的等待
佔據了太多的勇氣
華麗的觥籌
彈出一個音符
夜擁我入眠

永續的黑暗
反覆穿刺
憂鬱的藍
曙光用最珍貴的收藏
繪出一片血染的飄零

未臨

情感的獨步
尚未背叛

用日光栽種
垂釣的秘密

略帶寂寞的街巷
背誦著
迷路的落葉

途中

一曲暗透的音符
帶走途中一彎月色

苦澀釀出
莽撞的思念

悲傷的因子
向竭盡所能的世界
继續奔馳

我們一再重複演練

許多的往事

即使我們無法到達終點

逆景

昨日與今日驚見
生命正等待著
黎明或黑夜

途中的奇風異景
流下感動的淚

世界有一個角落
正走進烈日

不再起飛的夢境
已失去準度

回憶發出
淡淡的香

一條曲折的距離
一直藏匿在
堅持的終點

請保密我們存在八方的風
途中　感傷的故事
已碎裂四散

流浪者

承諾需要標記
即使癒合的傷口
還在等待時間

氾濫的悲傷
分分秒秒潰堤逼近

思緒已漸漸緩弱爲零
排開雍華的思慕

奔騰澎湃的淚
緊裹住
聽不見的風

時間之河

狂風也吹不散
濺灑在輓歌的馨香
涉向更深的誓约

黃昏的纜繩
即將悄悄告別

思念濃濃凝聚
靈魂所在的情緒

曙光依舊是
千載不變的
時間之河

毀滅與新生

夢沖淡了
思緒能夠
操縱秩序的世界
神話與傳說
種植一片荒田

一場遽雪
朗誦　寧靜的草原

熟悉的光芒
被遺忘在
海與天的盡頭

放逐

愁雨點醒
最後一次驚嘆

被月光速寫過的音符
悄悄落盡

星雲逃出
缺頁的童話

跌落四散的呼喊
充斥著
光燦的淚意
夢闇上悲愴的羽翼
所有的缺憾
飛舞成
直達碎心領空的軌跡
思念是一場
始終無法落幕的無奈

離辭

斷了線的訊息
隨著雨聲飄墜

星星在不知明的街角
用心點綴一道燦麗

雨後的天空
招著一份思念

微微顫抖的飄渺是
落葉最終的宿命

千里之遙的途中
花落又開

海枯石爛
匆匆將永難妥協的訣別　收下

自由的風讓彼此的心更靠近
時間的茫然渴求著沈醉在夢裡的芬芳

迷途

愁的凋殘傳遞
黯然的和弦

委婉的陽光垂落成
簡單的情感

將誤入的情節
存封在
最古老的記憶

天還是等待著
雲輕輕飄過

最真實的角色
試圖留下
舞動的樂章

我們只能停留在
落日的街角

聚散

夜遊的風
伴著一層薄薄的星光
已涼的深更
潛入時間的重量
淚沾濕了厚重的字句
宿命在紛亂的憂鬱中
持續沈默

我們将各自散落
不安的行囊

泛白的詞彙
陷落一排排
漸漸發酵的記憶

最後一個十字路口
溫習著
如何到達生命海底的景象

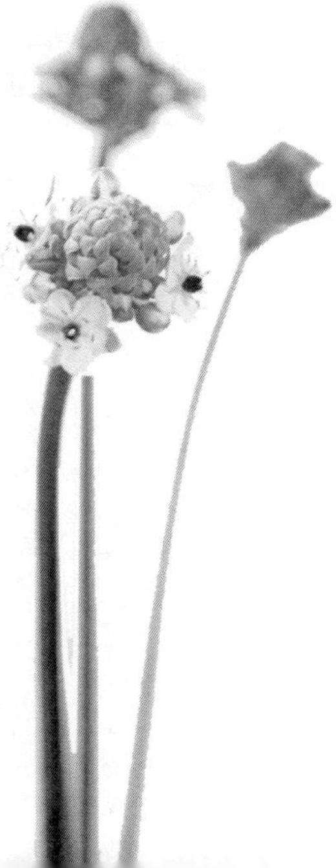

歲末

以相同的旋律
牽繫延綿的盟誓
虛弱的秒針逐一穿上
匆忙走入的人世
四月的浪潮夾雜著
碎碎片片的悲涼

回憶和衝景
流著罪人的淚

聖潔的星光
輕啟夜的眼簾

斑剝的鐘聲
守著、童話的迴廊

在時光的浪花中　所有激起的樂章
都當作是一種美麗的遠離
過去世與未來世　不再掀動茫茫滄海
陽光會在每一朵苦楝花上
匆匆灑下深深的思念
途中的逆景　記載著堅貞的淚水・・・・・・

國家圖書館出版品預行編目

途中 / 陳綺著. -- 一版. -- 臺北市 : 秀威資
訊科技, 2007. 09
面 ; 公分. --（語言文學類 ; PG0154）

ISBN 978-986-6732-14-0（平裝）

851.486 96017674

語言文學類 PG0154

途中

作　　者 / 陳　綺
發 行 人 / 宋政坤
執行編輯 / 黃姣潔
圖文排版 / 林世峰
封面設計 / 林世峰
數位轉譯 / 徐真玉、沈裕閔
圖書銷售 / 林怡君
法律顧問 / 毛國樑　律師
出版印製 / 秀威資訊科技股份有限公司
台北市內湖區瑞光路583巷25號1樓
電話：02-2657-9211　傳真：02-2657-9106
E-mail：service@showwe.com.tw
經 銷 商 / 紅螞蟻圖書有限公司
台北市內湖區舊宗路二段121巷28、32號4樓
電話：02-2795-3656　傳真：02-2795-4100
http://www.e-redant.com

2007 年 9 月　BOD 一版
定價：170元

讀　者　回　函　卡

感謝您購買本書，為提升服務品質，煩請填寫以下問卷，收到您的寶貴意見後，我們會仔細收藏記錄並回贈紀念品，謝謝！

1.您購買的書名：________________________

2.您從何得知本書的消息？

☐網路書店　☐部落格　☐資料庫搜尋　☐書訊　☐電子報　☐書店

☐平面媒體　☐ 朋友推薦　☐網站推薦　☐其他__________

3.您對本書的評價：(請填代號　1.非常滿意 2.滿意 3.尚可 4.再改進)

封面設計____　版面編排____　內容____　文/譯筆____　價格____

4.讀完書後您覺得：

☐很有收獲　☐有收獲　☐收獲不多　☐沒收獲

5.您會推薦本書給朋友嗎？

☐會　☐不會，為什麼？________________________________

6.其他寶貴的意見：________________________________

____

____

____

讀者基本資料

姓名：__________________　年齡：_____　性別：☐女 ☐男

聯絡電話：______________　E-mail：__________________

地址：____

學歷：☐高中(含)以下　☐高中　☐專科學校　☐大學

☐研究所(含)以上 ☐其他______________

職業：☐製造業 ☐金融業 ☐資訊業 ☐軍警 ☐傳播業 ☐自由業

☐服務業 ☐公務員 ☐教職　☐學生 ☐其他__________

請貼
郵票

To：114

台北市內湖區瑞光路 583 巷 25 號 1 樓

秀威資訊科技股份有限公司　　收

寄件人姓名：

寄件人地址：□□□

(請沿線對摺寄回,謝謝!)

秀威與 BOD

BOD（Books On Demand）是數位出版的大趨勢，秀威資訊率先運用 POD 數位印刷設備來生產書籍，並提供作者全程數位出版服務，致使書籍產銷零庫存，知識傳承不絕版，目前已開闢以下書系：

一、BOD 學術著作—專業論述的閱讀延伸
二、BOD 個人著作—分享生命的心路歷程
三、BOD 旅遊著作—個人深度旅遊文學創作
四、BOD 大陸學者—大陸專業學者學術出版
五、POD 獨家經銷—數位產製的代發行書籍

BOD 秀威網路書店：www.showwe.com.tw
政府出版品網路書店：www.govbooks.com.tw

永不絕版的故事・自己寫・永不休止的音符・自己唱